Diego
y la gran
cometa voladora

A Pedro,
que me enseñó a elevar volantines.
V.U.

Edición a cargo de Carmen Diana Dearden
Dirección de arte: Irene Savino
Diseño gráfico: David Márquez

Av. Luis Roche, Edif. Banco del Libro,
Altamira Sur. Caracas, Venezuela
www.ekare.com

ISBN 980-257-132-6
HECHO EL DEPÓSITO DE LEY
Depósito Legal lf15120028001259
Impreso en Graficas Acea

02 03 04 05 06 07 08 8 7 6 5 4 3 2 1

Diego
y la gran cometa voladora

Verónica Uribe
Ilustraciones Ivar Da Coll

Ediciones Ekaré

Una mañana, la abuela despertó muy temprano y muy contenta.

—¿Han visto? -les preguntó a Diego y Daniela-. ¿Han visto la brisa que corre hoy? ¿Han visto cómo se mecen los árboles y cómo se forman remolinos de hojas y polvo?

Diego y Daniela no habían visto nada de eso porque estaban recién despertándose, pero se asomaron a la ventana y vieron volar hojas secas, papeles, pétalos de flores, semillas y hasta un sombrero.

—Vamos a jugar con el viento -dijo Diego.

—Sí, vamos -dijo Daniela.

—Mejor vamos a Canelo Alto a visitar a Emilio Chang -dijo la abuela.

—¿Y quién es Emilio Chang? -preguntó Diego.

—¿Y dónde queda Canelo Alto? -preguntó Daniela.

—Ya lo sabrán -dijo la abuela.

Partieron en un pequeño autobús lleno de gente, Diego, Daniela y la abuela. El autobús subía por la montaña, cada vez más arriba.

—Vueltas y más vueltas -dijo Daniela

—Vueltas y revueltas -dijo Diego.

—Una más y llegamos -dijo la abuela.

El autobús los dejó en la plaza de Canelo Alto
y por una calle estrecha y empinada caminaron
hasta una tienda que decía:

EMILIO CHANG

**FABRICANTE DE COMETAS, VOLANTINES,
PAPAGAYOS, BARRILETES.**

La abuela abrió la puerta y *tilín, tilín,*
sonaron unas campanitas que colgaban del techo.
La tienda estaba llena de cometas, grandes
y pequeñas; de papel y de tela; rojas y amarillas;
azules y verdes. Y allí estaba Emilio Chang
terminando una enorme cometa roja con
una larga cola negra.

—Es la temporada de los buenos vientos -saludó la abuela.

—Así es -dijo Emilio Chang-. De los mejores vientos.

—Entonces, vamos a elevar cometas -dijo la abuela-. ¿Ves? He traído a Diego y Daniela.

—Veo, veo -dijo Emilio Chang-. Entonces, que cada uno elija una cometa.

—¡Esa! -dijeron Diego y Daniela apuntando a la gran cometa roja de cola negra.

—No, ésta no puede ser -dijo Emilio Chang-. No está terminada y, además... es una cometa muy especial. Vuela más rápido que el gavilán y más alto que el cóndor. Es un verdadero pájaro del viento. Elijan otras, aquí hay muchas.

Diego y Daniela eligieron otras cometas: Diego, una azul y Daniela, una amarilla, pero al irse, se quedaron mirando la gran cometa roja, el pájaro del viento.

Tilin, tilin, sonaron las campanitas al cerrarse la puerta de la tienda..

Subieron colina arriba, hasta una explanada donde soplaban los cuatro vientos. Emilio Chang les enseñó a volar las cometas, a levantarlas en el aire y sostenerlas, a darles cuerda y a recortar, a hacerlas subir en zig zag y a hacerlas caer en picada.

Y también les enseñó a elevarlas tan alto, tan alto que sólo se veían dos puntitos en el cielo.

—¿Lo estoy haciendo bien? -preguntó Diego.

—Bien, bien -contestó Emilio Chang.

—¿Alcanzas a ver mi cometa? -preguntó Daniela.

—Veo, veo -contestó Emilio Chang.

Luego, cuando ya les dolía el cuello de tanto
mirar hacia arriba, amarraron los hilos
de las cometas a una rama del castaño
y se sentaron a comer las frutas y los panes
que había traído la abuela.

—¿Tan alto así vuela la cometa roja? -preguntó
Diego señalando los puntitos en el cielo.

—Más alto, mucho más alto -contestó
Emilio Chang.

—¿Y tú has volado una cometa como ésa?
-preguntó Daniela.

—No -dijo Emilio Chang-. Esta es la primera que hago. Cuentan los viejos de Canelo Alto que mi bisabuelo hizo una vez una gran cometa roja, un pájaro del viento, tan grande y tan fuerte que llegó hasta la Patagonia. Lo supieron porque trajo enredada en la cola la pluma de un ñandú.

—!Una pluma de ñandú! -se rió la abuela- !Qué cosas inventa la gente!

Después de comer, la abuela y Emilio Chang se quedaron dormidos bajo el castaño. Run, run, roncaba la abuela. Fuii, fuii, roncaba Emilio Chang. Diego y Daniela bajaron corriendo hasta la tienda. Abrieron la puerta con mucho cuidado.

Tilin, tilin, sonaron las campanitas.

—¡Uy! ¡Uy! -dijo Daniela-. Alguien puede oírnos.

—Todos duermen la siesta. Nadie nos oirá -la tranquilizó Diego.

La gran cometa roja estaba sobre la mesa. Se veía más grande ahora que no estaba Emilio Chang. Diego se subió a la mesa y la empujó hacia el borde. La cometa se deslizó, flotó suavemente y se posó sin ruido en el suelo.

—Hola, gran cometa roja, pájaro del viento -dijo Daniela.

—Hola -contestó la cometa.

—¿Oíste, Diego? -preguntó Daniela.

—Yo también la voy a saludar -dijo Diego bajando de la mesa-. Hola, gran cometa roja, pájaro del viento.

—Hola -dijo la cometa.

Un golpe de brisa hizo sonar las campanillas. Con el aire, la cometa se estremeció.

—Es temporada de vientos. ¿Vamos a volar? -invitó la cometa.

—¿Vamos a volar los tres? -preguntaron asombrados Diego y Daniela.

—Por supuesto -dijo la cometa.

EMILIO CHANG
FABRICANTE
DE COMETAS.
VOLANTINES.
PAPAGAYOS.
BARRILETES.

Los cuatro vientos soplaron y la cometa se elevó
por encima de los techos. Desde el aire,
Diego y Daniela vieron las calles y las casas,
las vacas y las cabras, y a la abuela
y a Emilio Chang durmiendo bajo el castaño.
La cometa se deslizaba en el aire como pez
en el agua. Diego y Daniela tiritaban
de la emoción y del frío.
—¿Iremos a la Patagonia? -preguntó Daniela.
—¿Veremos a un ñandú? -preguntó Diego.
La gran cometa roja no contestó, pero tomó
rumbo sur.

Pasaron por sobre la laguna de la plaza.
—¡El gran lago Nahuelhuapi! -anunció la cometa.
Volaron sobre la fábrica de helados "La Polar".
—¡Las nieves eternas de la Cordillera
de Los Andes!

Pasaron entre medio del humo de una chimenea.

—¡Tierra del Fuego! -anunció la cometa.

Bajaron en picada sobre el criadero de gallinas.

—¡Una bandada de ñandúes! -gritó emocionada la cometa, mientras las gallinas cacareaban alborotadas.

Volaron sobre las vacas y las cabras, sobre los techos de las casas, y muy cerca de la torre de la iglesia hasta que regresaron a la explanada de los vientos. La gran cometa roja hizo un vuelo rasante, disminuyó la velocidad y bajó justo al lado del castaño donde todavía dormían la abuela y Emilio Chang.

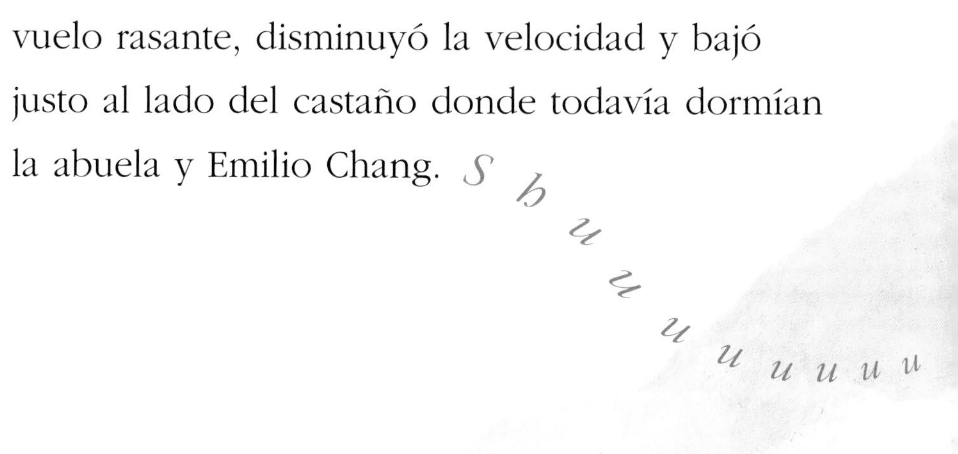

Diego y Daniela se deslizaron por el suave pasto. La cometa se posó suavemente y allí se quedó quieta, más quieta que cuando había estado sobre la mesa de trabajo de Emilio Chang.

La abuela despertó primero.
—¿Qué han estado haciendo? -preguntó.
—Nada -dijeron Diego y Daniela.
Emilio Chang se desperezó.
—¿Y qué hace la cometa roja aquí? -preguntó muy sorprendido. Se levantó y la examinó con cuidado-. Parece que hubiera volado -comentó en voz baja-. ¡Y miren! ¿Qué es esto? ¡Una pluma de ñandú enredada en la cola!
La abuela tomó la pluma que agitaba Emilio Chang.
—Qué ñandú, ni qué ñandú -dijo-. Es una pluma de gallina.
Diego y Daniela se rieron.
—Y ustedes ¿de qué se ríen?
—De nada, abuela -dijeron Diego y Daniela.
—¿Han visto? -dijo emocionado Emilio Chang-. Mi cometa roja es como la de mi bisabuelo: un gran pájaro del viento.
La levantó con mucho cuidado y la acarició.

—Niños, ya va siendo hora de irnos -dijo la abuela.

Recogieron la cesta, bajaron la colina y se despidieron de Emilio Chang.

Al partir el autobús, Diego, Daniela y la abuela vieron que Emilio Chang había cambiado el letrero de su tienda. Ahora decía:

EMILIO CHANG
FABRICANTE DE GRANDES COMETAS VOLADORAS.
PÁJAROS DEL VIENTO.

EMILIO CHANG
FABRICANTE
DE GRANDES
COMETAS
VOLADORAS.
PAJAROS
DEL VIENTO.

15

Verónica Uribe, nacida en Santiago de Chile y periodista de profesión, es una reconocida editora de libros para niños y fundadora de Ediciones Ekaré, una editorial venezolana dedicada a la producción de libros infantiles. Ha publicado numerosas adaptaciones de cuentos y versos de la tradición criolla, indígena y europea, algunas de las cuales han sido traducidas a otros idiomas. Es autora de una novela juvenil titulada *Tres buches de agua salada*, del cuento infantil *El Mosquito Zumbador*, y con *Diego y los limones mágicos*, *Diego y el barco pirata* inició una serie de libros para niños que comienzan a leer solos, cuyo último título es *Diego y la cometa voladora*. En la actualidad reside en Santiago de Chile y viaja con frecuencia a Caracas, donde vivió durante más de 15 años con su esposo y sus tres hijos.

Ivar Da Coll, nació en Bogotá, Colombia, donde vive y trabaja actualmente. En 1985 creó las seis *Historias de Chigüiro*, y desde entonces, se dedica a escribir e ilustrar para los niños.
Sus otros libros publicados incluyen las nuevas *Historias de Chigüiro*, las *Historias de Eusebio* y los Cuentos de Hamamelis. Su trabajo ha merecido el "Premio al Mejor Libro Infantil Colombiano", tres veces el "Premio a la Mejor Carátula Colombiana" y una mención en el evento "Los 10 Mejores Libros para Niños" organizado por el Banco del Libro de Venezuela. Algunos de los últimos títulos que ha publicado son *El Sr. José Tomillo*, *No, no fui yo* y *Supongamos*.